愛、という文字の
書き順は教わっても
愛し方までは
教わってこなかった

0号室

もくじ

誰かがそっと
頭に浮かぶようになり
自分の言うことを
聞いてくれない心が
徐々に現れはじめた
あなたへ届きますように

よくできたラブストーリーにも、
言えないほどの苦しみや痛みが
あったに違いない

ハッピーエンドを望むなら、
それまでの過程も
どうか目を逸らさないで

♡木村杏奈

…スポーツ好きな女子高生。

明るく元気だけど、恋愛には臆病で……。

◇斉藤亮太

…陸上部のエース。

真面目な体育会系の好青年。

STORY 1
片想い×臆病

木村杏奈
斉藤亮太

この気持ちだけは
嘘じゃないのにな

私には好きな人がいる。

中学の同級生で、同じ高校に通っている男子、名前は斉藤亮太。中学時代は同じ陸上部、彼はキャプテンでエースだった。

そんな彼のことが気になりだしたのは、ある日の部活の時間。長距離走の練習では、いつも私を簡単に追い抜いて行ってしまう彼。それが悔しくて必死についていて行くけど、差は開くばかりで埋まらない。今日もまた追い抜かれる……と思った瞬間、急に背中を叩かれて驚いた。

それは彼だった。

◇おい、大丈夫か？

♡ハァ、ハァ、ハァ

◇腕をもっと振れ！
顔は前！
背筋を伸ばす！

♡……、う、うん

◇俺の走り方を見てろよ

そう言って彼は少し前に出てペースを合わせてくれた。
練習も終わり、着替えをしに部室へ戻ろうとしていた時、

◇木村、この後公園走りに行くけど来るか？

♡え、私!?私とじゃ練習にならないけどいいの？

◇どうせひとりでゆっくり走るし、走り方見てやるよ！

♡うん、ありがとう

それから何回か一緒に練習させてもらい、タイムも徐々に上がって行った。
そして最後の大会では、入賞はできなかったけど自己ベストを出すことができた。
大会の後に、

今までで一番、
良い走りしてたよ

と言われたのがとても嬉しかった。

それ以来、お互い気をつかわず話す関係なのに、彼のことを意識するようになってしまった。

同じ高校に進学をし、彼は陸上を続けた。私はオシャレに目覚めバイトに明け暮れる毎日。

彼への気持ちを再確認してしまったのは、一年生で迎えたマラソン大会でのこと。一位になった彼へ、周りの女子から黄色い声援が飛んでいたのを嫉妬しながら聞いていた私がいた。

あー、この気持ち伝えたいな。


そう初めて心から思えた。

でも、いつ伝えればいいんだろう？

夏の大会の時？

文化祭？

クリスマス？

お正月？　ないない。

あ……バレンタイン！


こうして私はバレンタインにチョコをあげる計画を立てた。

でも、当日が近づくにつれ、クラスのそわそわした雰囲気の中でチョコをあげることが怖くなってきた。

私は、違う方法であげようとした。

いつまでも先延ばしにしている
気持ちにも
タイムリミットがちゃんとある
その期限、まだ有効ですか？

ある日の放課後

♡ちょっといいかな？

◇ん？　どうした？

♡いいからちょっと来て

◇う、うん

♡はい、これ、ちょっと早いけど

◇なにこれ

♡チョコ

◇え、急にどうしたの？
　バレンタインでもないのに？

♡当日だと、
　ちょっと意識してるみたいで
　恥ずかしいからさ

◇なんだそれ！

♡まぁ……義理だけどあげるよ

◇お、おう、ありがとう

♡……じゃあね

◇……うん、じゃあね

なんで義理なんて嘘ついたんだろう。

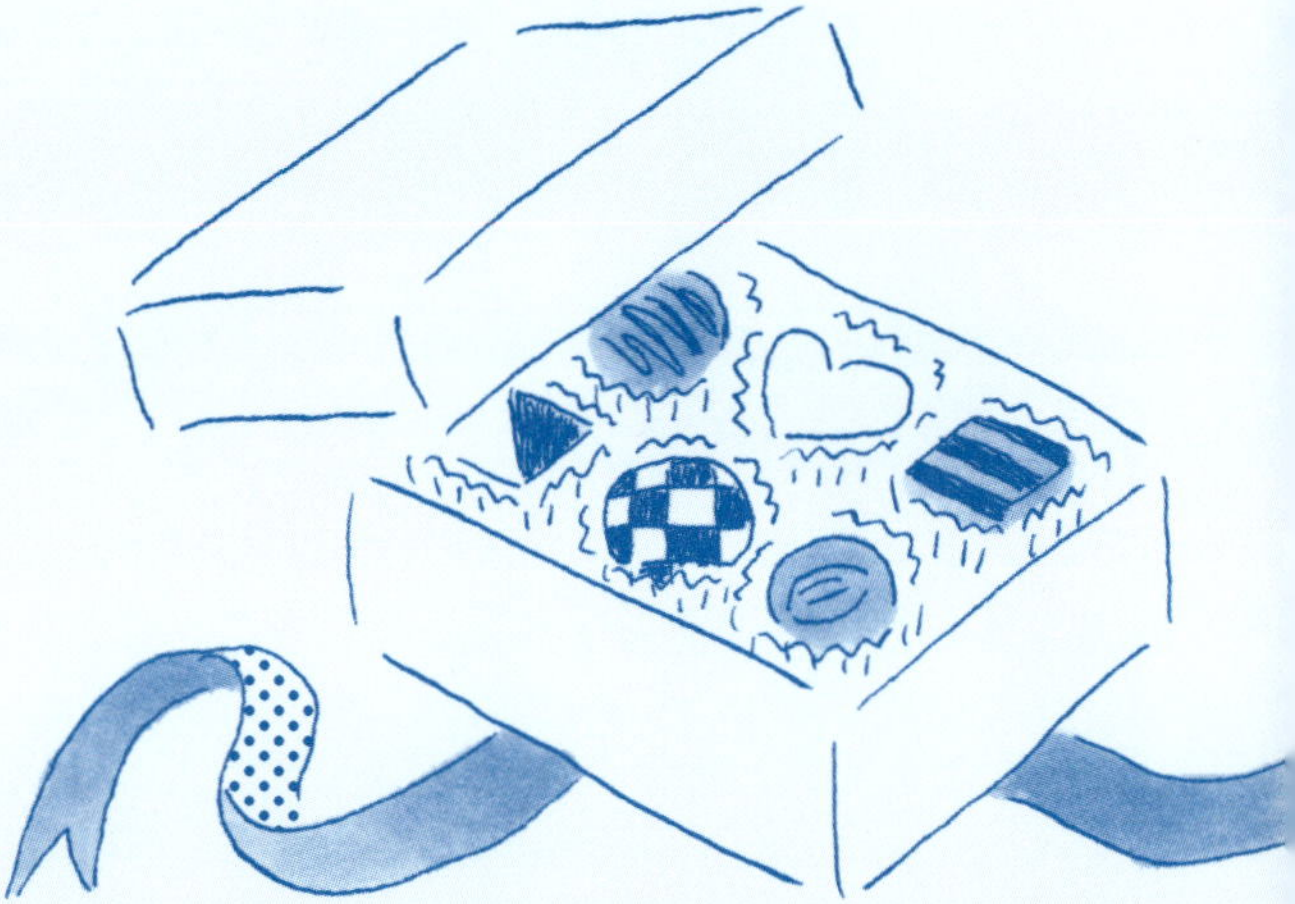

考えれば考えるほど、
不安だけが募っていく

このモヤモヤする気持ちを、仲の
良い男友達の山田に相談することに
した。

♡山田、ちょっといい？
♧なになに？
♡実は、今日斉藤に早いけどチョコあげたんだ
♧お……マジか、でもちょっと早くないか？
♡うん……だって当日だと緊張するじゃん
♧確かにな、で、ちゃんと好きって言えたのかよ？
♡それがやっぱり無理だった、
義理って咄嗟《とっさ》に嘘ついちゃったし
♧そっか、お前でも好きな男の前だと
普通の女の子になっちゃうんだな
♡なによ、それ！
♧いつも笑顔でいる奴も
恋には臆病なんだなって思ってさ
♡ほっとけし！
♧ま、渡せただけでも良かったんじゃない？
♡そうかな……予行練習では
ちゃんと言えてたはずなんだけどね

♧ お前、そんなに好きなら
今からでもちゃんと気持ち伝えろよ

♡ 簡単に言わないでよ……

♧ ……悪い。
でもさ、言った後に後悔するのと
言えなかったことを後悔するのと、
どっちが辛いんだろうな

♡ ……LINEでもいいかな？

♧ 俺なら、LINEじゃなくて
直接言われたいけどな

♡ あーそうですか……。
相談するんじゃなかった……。
簡単に言ってくれるけど、
面と向かっては怖いんだっつーの。
……LINEで言おうかな

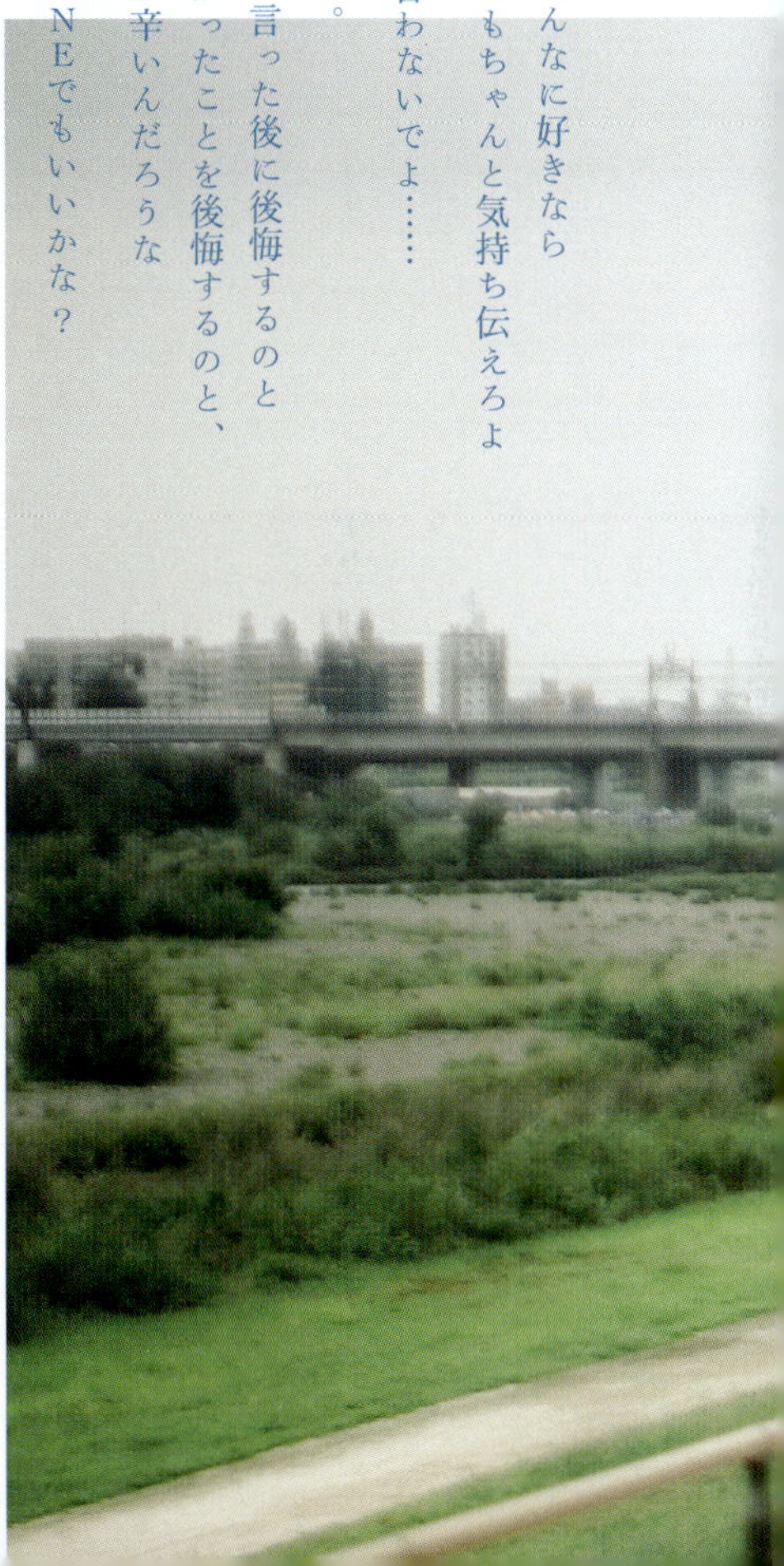

あーーー、もう精神的に疲れる。
好きになるんじゃなかった……。

全力で伝えるから、
全力で受け止めてください

やっぱり言いたいな、この気持ち。

山田からメッセージ

こいつ、楽しんでるだろ！
……もうわかった、早く楽になろ。

♡

あのさ、
急なんだけど木曜日の放課後って空いてる？
ちょっと頼みごとがあって

大事な話は、
目を見て伝えること
声だけじゃ
心は伝わらない気がするから

メールじゃなくて、
電話じゃなくて、
やっぱり会って伝えたい

♡ごめんね、急に呼び出して

◇別にいいよ

♡今日練習は？

◇あ、今日はたまたま休みでさ

♡そっか……。
なんかね、こないだバイト先でさ、山田がポテト焦がしちゃって、
店長にめちゃくちゃ怒られたんだけど
なぜか私まで一緒に謝ってさ、大変だったのよ。
あいつ遅刻も多くてさ、
今晩も一緒に入ってるんだけど次遅刻したらクビだよね絶対。
もう半年やってるのに仕事全然覚えてなくて
いつもオーダーミスったりしててさ

◇…………そうなんだ

♡……うん

◇……で、頼みごとってなに？

♡あ……、うん。
あのね…………あのさ

◇……うん

♡頼みごとというか……、
こないだはごめんね、急にチョコとか渡しちゃって。
困らせるつもりはなかったんだけどどうしても渡したくなって

◇あー、うん……大丈夫だよ

♡あの時言ってた義理ってのは…………嘘です

◇……

♡……斉藤のことが
前から好きで、渡しました

◇………………ありがとう

♡……うん、まぁ
そういうことだから

◇美味しかったよ、
あのチョコ

♡食べてくれたんだ！
良かったぁ、ありがとね

◇うん

♡……ごめん、
それだけ伝えたくてさ

◇……俺もちょっと
気になってたから

♡ごめんね、
今日はありがとね

◇うん……。
じゃあ、ね

♡うん、また……

早く言わないと帰っちゃうぞ、私。
……だめだ。やっぱり傷つきたくない。

こうして、好きです、と直接言えたけど、斉藤の顔色を見てしまったら付き合ってください、まではどうしても言えなかった。

フラれるっていう空気を感じてしまって、傷つくことを選べなかった。

気まずくなるぐらいなら
友達のままでいたかったから、
むしろ友達のままでいさせて欲しいと
願ってしまったから。

やっぱりダメかぁ……。
明日学校休んでやる！

いくら願っても届かないなら、
いっそ想いとともに
消えてしまいたくなる

できなかったことよりも、
やらなかったことの方が
後味が悪く、
心の奥に残ってしまう

〝想ってる〟だけじゃ
伝わらないんだよ

♧山田拓海
…軽音楽部でギターを練習中の男子高校生。
木村とはただのバイト仲間だが……。

♡木村杏奈
…明るく元気な女子高生。
クラスメイトの斉藤に想いを寄せていた。

STORY 2
いくじなし×後悔

山田拓海
木村杏奈

君の涙も、君のえくぼも、
君の怒鳴り声も、
すべてが日常になりますように

♧ お疲れー

♡ お疲れさん

♧ 木村！　いよいよだな。
まぁ、頑張れよ。
応援してっから

♡ 本当他人事《ひとごと》だよねー、
はいはい、頑張りますよ！

♧ いやマジで応援してるからさ。
バイト先で待ってるわ！

♡ うわぁ、
今晩シフト一緒とか最悪だわ（笑）

♧ おい！

♡ とりあえず、いってきます

♧ おう、本当に頑張れよ。
じゃあ後でな

♡ うん、後でね

あーあ、なに応援なんてしてんだ俺。
……俺とだったらすぐ付き合えるのによ。

周りの変化に気付いても、
なにもできないことが多い
そこで踏み出す一歩を
躊《ちゅう》躇《ちょ》なく出せたら、
生きやすくなるのに

バレンタインか……木村は斉藤にチョコを……。告白して、うまくいったらまあ……そういうことになるよな。

バイト中なのに、さっきからそんなことばかり考えていた。あっ……。うっかりポテトを焦がしそうになる。茶色くなりかけたポテトを見て、木村への想いに気付いたある日のことを思い出した。

徹夜で中間試験の勉強をし、そのままバイトに向かった。体力には自信があったのに、急に睡魔が襲ってきて気が付いたらポテトは真っ黒。

「うわぁ、やっべぇー……」

レジにいた木村が異変に気付き、「ちょっと、なにやってんの！」と慌ててやってきた。

店長からこっぴどく叱られ、待たされたお客さんはカンカン。なぜか木村も一緒にお客さんのところに謝りに行くことになったが、へこむ俺をよそに木村はただただ明るく、お客さんも木村の明るさに押されてあっけなく許してくれたのだった。

なにやってんだ俺……。帰り道、ひたすらに謝っていたら、

♡いいって、
でも今度やったら
罰としてパンケーキ
おごってね！

と冗談を言い、笑った。

その時、俺はこの笑顔に
いつも助けられていたことに気が付いた。

ああ、俺やっぱり……。

なんでもない人が
明日には気になる人に
変わっていたりするから、
恋愛って不意にやってくる
発作みたいなものなのかも

俺は昔から趣味が続いたことがなく、なんでも三日坊主がお決まりの性格だった。そんな俺でも唯一ずっと好きなのが音楽を聴くことと、耳コピした曲を親父のお古のギターで演奏すること。

高校ではもちろん軽音楽部に入り、バイトがない日は毎日ギター練習と下手なりに作曲もしている。

同じクラスの木村は高校に入ってから一番最初に話した女子だ。同じバンドが好きということで意気投合し、ファストフード店でのアルバイトも木村の紹介で始めた。

そんなある日、自分で作った曲を動画サイトにあげていたのを友達が話題にしてしまい、クラス中の奴にそれを聴かれてしまった。周りからは下手だのカッコ悪いだの散々な言われよう。音楽センスというものが自分にはないのだと自信を失くしてしまった。

木村にももちろん聴かれたから、クラスの連中と同じようなことを言われると思っていた。さすがにへこんでいた俺は、その夜のアルバイトもズル休みしようかと考えたが店長にまた怒られるのが嫌で仕方なく向かった。

裏口の駐輪場に入っていくと、そこに木村の自転車が止まっているのを見つけてしまった。

やばいな、今日シフト一緒かよ……。

「木村もきっとあいつらと同じこと言ってくるんだろうな」

中に入ると、案の定待っていたかのように木村が俺の元へ近づいてきた。

♡ あの曲、聴いたよ

♧ お前もバカにするんだろ、どうせ

♡ ハァ？　なによそれ、
私は結構好きなのに

♧ え？　マジで？

♡ まぁ、素人にしてはだけど

♧ うるせえ！

♡ 山田がギター弾いてる
ところなんて
見たことなかったから……。
なんかカッコよかったよ

♧ なんだよ、それ！

♡ だから続けてよね、ギター

♧ 当たり前だろ！

そう言っている自分が今どんな表情をしているのかわからない。それくらい恥ずかしい気持ちと、もう一つ別の感情が俺の足を震わせていた。身体中《からだじゅう》が熱くなって、寒いのか暑いのかわからないくらい、汗が噴き出しているような感覚に襲われた。

ありがとな……。

勉強もバイトも中途半端。俺の唯一の趣味をほめてくれたのは、親でも親友でもなく木村だった。俺はこのままでいいんだって、初めて思えたんだ。

この時から、「木村が彼女だったらな」と
思うようになっていた。

自分の
存在意義を
見出して
くれたのは、
いつだって
好きになった人
でした

♧（あれ、あいつ遅いな）

店長、今日木村入ってますよね？

♤さっき連絡あってな、

具合悪くなったから今日は休むそうだぞ

♧あぁ、そうなんですね

♤それにしても珍しいな、

いつもあんなに元気な木村さんが体調を崩すなんて

♧あぁ……。

変なものでも食べたんですかね？

もしかしてダメだったか？

自分よりも、
大切な人が辛そうにしている方が
よっぽど辛いから

おい、なんかあったか？
大丈夫か？

んだよ……既読スルーかよ。
あいつ……
やっぱりダメだったのかなぁ。
仕方ねーな、
慰めてやるか……友達として。
……一番根性ねーの、俺じゃん。

いっときの虚《むな》しさも、
突き抜けちゃえば
またいつもの日常だ
いつか、君の名前を、
誰よりも多く呼ぶ存在に
なれますように

好きな人といる時が、
一番自分らしく
いられるのなら、
もうそれは運命って
名付けちゃえ

恋してみると、
〝恋〟って言葉の
重みがわかるでしょう？

♡近藤りか
…へこみやすい性格の女子高生。
明るいひなこに助けられることが多い。
◇桜田ひなこ
…りかの幼なじみ。
明るくてクラスでは愛されキャラ。

STORY 3
嘘×嘘
近藤りか
桜田ひなこ

大切であればあるほど、
失ってからじゃ遅いんだよ

あの日までは、そう思っていた。

今日も同じ道を同じ時間に自転車で走る。となりにはいつも、幼なじみのひなこ。小学校から中学、高校と同じ学校に進んだ。気が合うし、ボケとツッコミみたいなかけあいが楽しい。いつもくだらないことばかり話していて、気が付いたら遅い時間になっている。

ふたりとも彼氏どころか好きな人さえもいないから、好きな人ができたら絶対に一番に報告しあおうって「胸キュン報告会」を組んだりして。でもそんなのいつになることやらって感じ。

♡昨日ドラマ見た？
◇見た見た
♡坂口賢人ってカッコ良くない？
◇わかるー、
ああいう人、タイプなんだよね
♡ああいうのいないかなー
◇なかなかいないでしょ……。
でも3組の鈴木くんって
少し似てない？
♡……んー、
雰囲気はどことなく
似てるのかなぁ？

◇りか、ちょっと相談があってね
♡どうしたの？　なになに？
◇いやあのね、
ついに好きな人ができてさ
♡えー待って、待って！
実は私も
気になってる人がいてさ
◇マジか！　教えて！

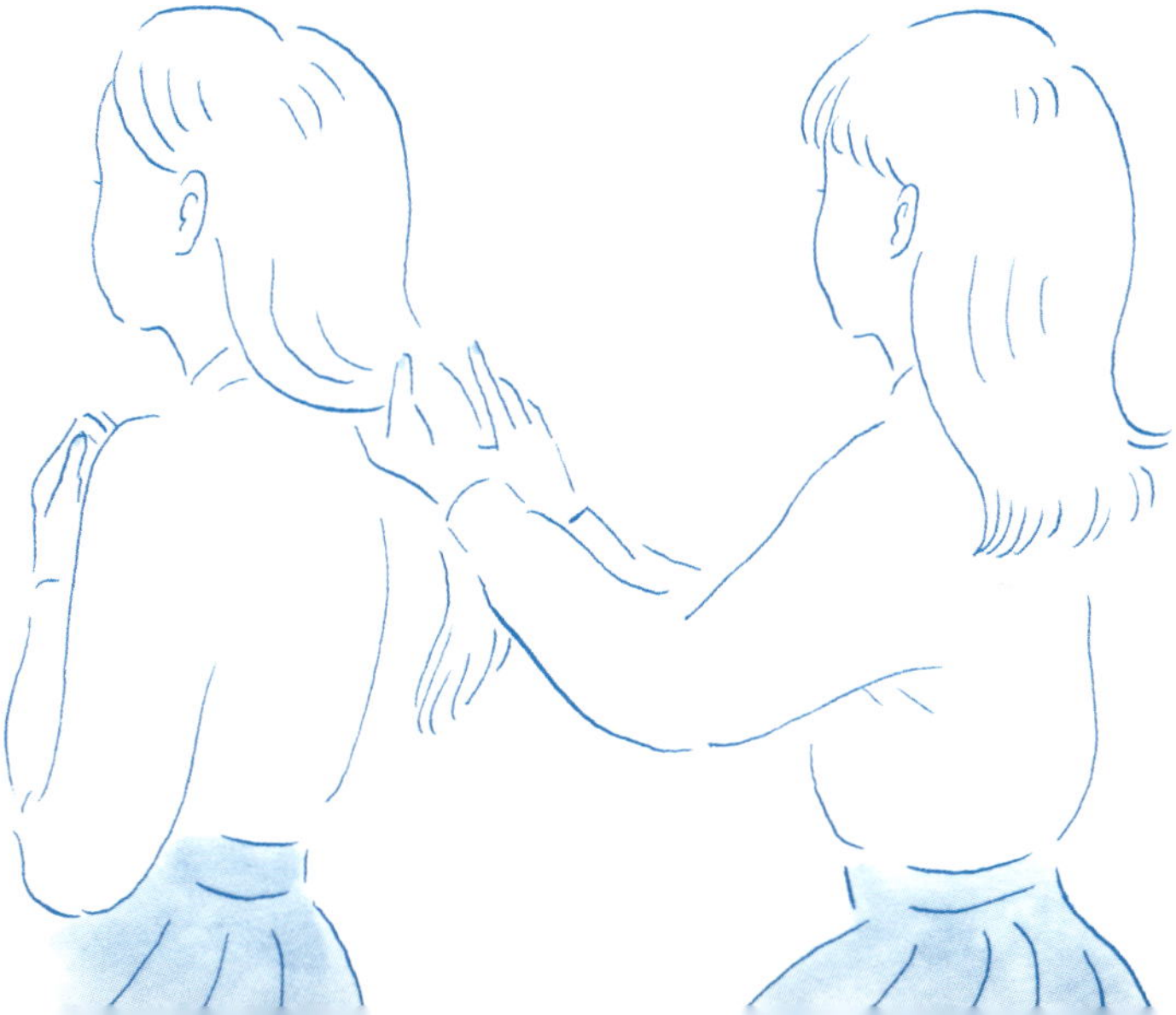

♡……へー、そうなんだ……

◇で、あんたは誰なのよ？

♡いや、なんか勘違いだったかも〜

◇えーなによそれ、本当に勘違い？

♡うん、期待させてごめんね！
　思い切って告白してみたら？

◇えー、どうしようー。自信ないよ……

♡ひなこなら絶対大丈夫だよ!!

ひなこの話を聞いた後、私は嘘をついた。まさか、同じ人を好きになってしまうなんて……。驚きもあったけど、私よりもひなこはかわいいし、お茶目で、愛されキャラ。私はひなこよりも劣っている自信があったから。

それと、このまま友情が壊れてしまうのが怖かった。だから、私は嘘をついた。自分の気持ちは初めからなかったことにすればいい。

叶えたい気持ちが
すべて正しいとは限らないから
叶わないことも
どうか許せるように

例えば、親友とダブルデートとかできたら本当に嬉しいし、そのまま結婚して、生涯にわたって交流が続いていくならどんなに幸せだろうとも考えたりするけど、まず身近にそういう例を聞かないし、どうせ夢物語なんだろうとも思ってしまう。

幸せなことを考えれば考えるほど、そうなれなかった自分を想像してしまって無駄に落ち込んでしまう。悩まなくていいことでついつい悩んでしまう癖はどうすれば直るのかな。

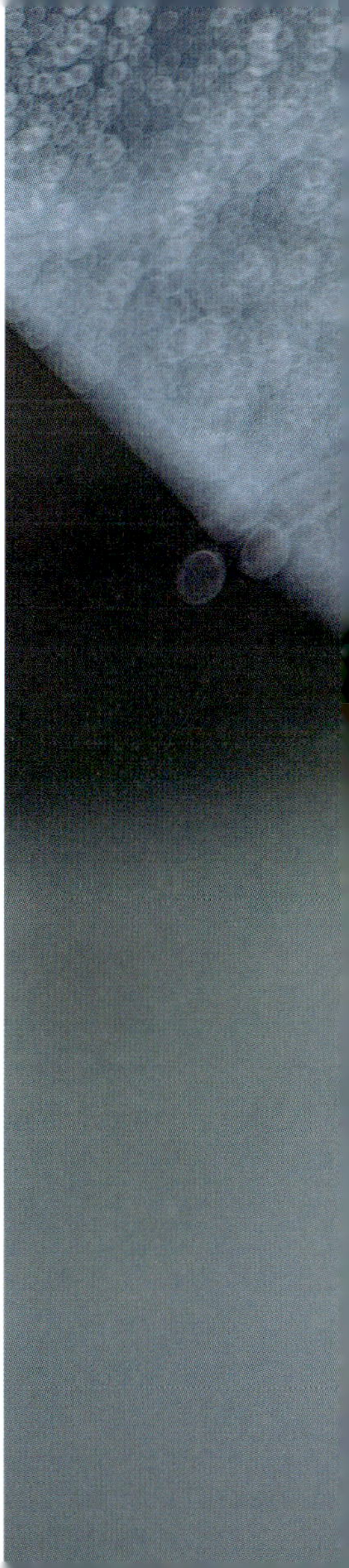

思い描いた恋ができなくても、
できないと知ることも
恋愛には必要な
準備期間なのかもしれない

♡ そーいえばさ、
あれからなんか進展あった？

◇ うーん、
なんかあれから色々考えてたら
急に冷めちゃってさぁ

♡ そうなの!?
お似合いだと思ったんだけどなぁ

◇ ま、こう見えて私結構モテるんだから！

♡ 自分で言っちゃう？　それ

◇ だって本当だもん！
まぁ、私たちにはもっといい人いるよ！

♡ なにそれ〜（笑）

あれ、今「私たち」って聞こえたけど……

もしかして……

◇ん？　りかなんで泣いてんの？
♡泣いてない!!


ありがとう……。

ひなこは、気付いていたんだね。

ひなこが好きな人の名前を出した時に私が動揺したのを見逃さなかったんだ。

ひなこは、恋よりも、友情をとって、告白をせずにいてくれた。本当にありがとう、大好きだよ。嬉しくて、涙が込み上げてきた。

毎日くだらないことで
笑いあって、
特に話すこともないのに
一緒にいたりして、
そういう存在ほど
失わないように
大切にできますように

22

今日まで生きてこられたのは
大切に育ててくれた
両親のおかげだし、
日々笑顔を与えてくれる
友人のおかげだし、
好きという気持ちを
教えてくれた恋人のおかげだし、
とにかく今があるのは
支えてくれる
誰かのおかげなんです

辛い時は、強がらずに
誰かに頼ってください、
そのうちまたひとりで
歩けるようになった時には、
今度はあなたが誰かを
支えてあげられますように

♡佐々川優子
…彼氏のいないアラサー女子。
数年ぶりのデートに張り切るが……。

◇藤崎 誠
…真面目で優しく職場での人望もあるが、
女性と話す時は
少し緊張してしまうタイプ。

STORY 4
鉄則×出会い

佐々川優子
藤崎誠

自分から動いて学び得たものは、
人生で揺るがない自信になる

待ち合わせに20分早く来てしまった。今日は、友人の紹介で知り合った彼と初めてふたりで会う。雨の中、手持ちぶさたで見つめるショーウィンドウのガラス越しに、いつもと違う格好をした見慣れない自分がいた。

男性とふたりきりで食事なんて、何年ぶりだろう。出会いがないと嘆いてばかりいたのに、いざその時が来ると食事の約束をしたことを後悔するほどに緊張している。

なにかを頑張りたい
気分になるのに、
なにをどう頑張っていいか
わからずにいる自分に
冷めてしまう

いつもいつもこの繰り返し

あと18分か……
音楽とか聞いてたほうがいいのかな。
感じ悪く映るかな。
片耳だけならいっかな。
なんて、色々と考えてしまう。

あっ、彼だ……。
どうしよう、顔見れない。
階段を降りてくるのが目に入って
きたが、咄嗟に気が付かないフリを
してしまった。

◇ あ、あの佐々川さん？

♡ あ、こんばんは

◇ お待たせしてすいません、
雨大丈夫でしたか？

♡ 私もついさっき
来たところなので全然

◇ せっかくなのに
雨降られちゃいましたね

♡ はい

◇ 急に誘ってすいませんでした

♡ いえ、私もちょうど予定が
入ってなかったので

◇ なら良かったです、
じゃあ行きましょうか？

♡ はい

◇ ここら辺はよく来るんですか？

♡ たまに友達と
ランチに来たりしますね

◇ もしかして黄色い暖簾《のれん》の
カレー屋さんですか？

♡ え、ご存知なんですか？

◇ はい、僕もたまに
無性にあそこのカレーが
食べたくなるんで行くんですよ。
目玉焼が載っている
キーマカレーが最高で

♡ 私もあそこのキーマ
大好きなんです

◇ なんか一緒のもの
食べてたなんて嬉しいですね

♡ 本当ですね
最後は……
自家製チャイですか？

◇ あー、僕チャイ苦手で、
いつもコーヒーにしちゃうんです

♡ そうなんですね

さすがに
そこまでは違うよなぁ、
なに期待してるんだろ。

好きな人との共通点は
ごく些細《ささい》なことであっても
いいから欲しくなってしまう
見えないけれど
どこかで繋《つな》がれている
安定剤みたいなものだから

CHOCO

あんなに緊張していたけれど、ほんの少しの共通点があるということだけで心が呼吸しやすくなるものなんだ。

お店を予約してくれているみたいだけど、少し早いので、街並みを見て歩くことにした。あまり歩き回ることを考えずに張り切って慣れないヒールの高い靴を履いてきたけれど、すぐに後悔した。とっくに足は悲鳴をあげていた。

◇どうですか？　ここ

♡初めて来ました、
こんな素敵な場所。
もっと早く知りたかったなぁ

◇実は昔ここら辺に住んでて、
一度離れたんですが、
この街が好きで
また近くに戻ってきたんです

それから彼は、幼少期ここで
妹と秘密基地を作って遊んだことなど
沢山の思い出を語ってくれた。
それは私にも、兄と一緒に遊んだ記憶を
思い出させてくれた。
不思議と心がほぐれていく感じがした。

♡ いいところで育ったんですね

◇ そう言ってもらえると嬉しいです、
今も僕の秘密基地みたいなものなので

♡ 私、知っちゃってよかったんですか？

◇ ……秘密にしてくれます？

♡ はい！

◇ そろそろ行きますか、とても美味しいお店なので

♡ はい

たまに、この人にならいいづらいことも
言えてしまうんじゃないかと思えるくらい
良き出会いをすることがある。
今、目の前にいる人も、もしかしたら
気を許せる相手かもしれない、
そう勝手に思ってしまった。
なんかいい時間過ごせてるかも。

日が暮れて、
一日の出来事を思い出したり
なにかを懐かしむ時間って
あると思うけど、
そういう時間を共有できる人が
となりにいれば十分幸せと
呼べるんじゃないかな

◇ここです
♡え？　ここですか？
◇見た目ちょっと悪いんですけど……どうぞ
♡あ……はい
◇大将、こんばんはー
♧おー待ってたよ、藤崎くん
◇ども！
♧いらっしゃいませ。
いつもの席空けてあるよ
◇ありがとうございます。
僕、ここの常連なんです
♡すごく親しそうですもんね

店の中には、今の時代を忘れさせてくれるポスターが貼ってあり、ここを訪れる人たちの息遣いが壁にも床にも染み付いていた。

まだお料理も食べてないのに、もう常連さんになりたいと思わせる雰囲気を醸し出しているようだ。

都会に出てきて十年が経ち、あまり親の顔を見に帰れていないことがすごく寂しくなり、同時に、ふたりの馴れ初め話を思い出していた。

父は寡黙で、お酒の力を借りないと人前では話せない人だった。そんな父が唯一心を許したのが、母だった。母はどちらかというと明るく喋るのが好きで、父とは正反対だった。私は父の性格を受け継ぎ、あまり話すのが得意な方ではないため、男性経験もないに等しいくらいだった。

そして一番の悩みは、こだわりが強く、デートはこうでなくちゃいけないという固定観念にとらわれていることで、今まで散々苦労してきた。でもなんだか今日はいつもみたいに無理をしていない自分がいることに気が付いていた。それはこのお店だから？　それとも……。

♡なんだか家に帰ってきたみたいで
すごく落ち着きますね、ここ

♧そりゃ嬉しいね、
ゆっくりしてって

◇僕も嬉しいなぁ

人のマネばかりしていると
ホントの自分をさらけ出すのが
怖くなってくる
でも、誰にでもなれる自分に
なりたくない
なるなら自分自身に
胸を張れる存在になってみたい

♡今日はごちそうさまでした、すごく楽しかったです

◇僕も楽しかったです。
実は、お酒の力を借りないとなかなか女性と話せないタイプなんですが、
佐々川さんすごく話しやすくていい時間を過ごさせてもらいました、
ありがとうございました。
それと、ヒールなのに歩かせてしまってすいませんでした

♡だ、大丈夫ですよ（ヒールのこと気にしてくれてたんだ）

◇あの……もしよかったら
またこの街に遊びに来てくれませんか？

♡私も、また来たいと思っていました

◇本当ですか？　まだまだ見せたい場所が沢山あって

♡お願いします

◇じゃあ……また

♡はい、また

◇佐々川さん！　今度はスニーカーでリベンジしましょう！

♡はい、スニーカーで！

◇おやすみなさい

♡おやすみなさい（アクティブなデートも悪くないかも）

あれ、藤崎さん、
住んでるのここら辺じゃなかった？
わざわざ駅まで送ってくれるなんて。
あれ……ちょっと期待していいの？ 私。

世の中、うまくいく鉄則とか
ルールとか
色々決まりきってることって
案外自分には
合わなかったりするもの

まずは自分の中で
何事も経験してみると、
本当に楽しいこと、嬉しいことが
鮮明に見えてくる

そこからが
本当の自分を育てる時間に
なってくると思うから

新しい服を買うのも、
頑張ってお化粧するのも、
髪を切るのも、
その理由の
一番前には君がいます

幸せまでの道のりは
遠い人もいれば近い人もいる

◇和泉悠
…恋愛よりも仕事第一のビジネスマン。
♡山岸詩織
…入社2年目のOL。
仕事ができる彼を
好きになったけれど……。

STORY 5
距離×決心

和泉悠
山岸詩織

幸せは追いかけっこじゃなれないから

私たちが付き合いだしたのは、一年前。新卒で入社し、とある大手とのプロジェクトをするチームに配属された私はそこで彼に出会った。

彼は外資系に勤めていたこともあり、英語も話せて、チームリーダーの右腕として働くほど優秀。ただ、彼女よりも仕事を優先する性格らしく、今まで何度も仕事を理由にデートを中止にされたり、家で晩御飯を作って待っていても、終電で帰ってきては、食べる姿を見ることができないことが多かった。

それでもたまの休みには、外食デートをしてくれたり、家でまったりDVD鑑賞に付き合ってくれた。そんな束《つか》の間《ま》のふたりの時間がとても愛おしくて、このままでもいいとさえ思わせてくれた。

しかし、彼から
急な別れを告げられた。

◇あのさ、ちょっと話があるんだけどいいか？

♡うん、どうしたの？　またデート延期とか？

◇……俺、海外に飛ぶことになった。
来月頭からあっちだ

♡え？　……海外？

◇ああ……ロスだ

♡そんないきなり……
そもそもなんで悠が行かなきゃいけないの？

◇リーダーと一緒に行くことになって、
当分帰ってこられない

♡当分って、どれくらい？

◇3年だそうだ

♡そんな……長すぎるよ

◇だから…………

♡別れようってこと？

◇……ごめん……そういうことだ

♡いつわかったの？

◇先週言われて驚いたが、
ようやく整理がついてな

♡あなたのでしょ？　私は？
自分だけで決断するなんてズルいよ

◇ごめんな

♡ なにそれ、ひどい

◇ 仕方ないだろ、上からの命令なんだから

♡ それでももっと早く言ってくれていれば
なにか変わったかもしれないじゃない

◇ どう変わったんだ？

♡ ……そんなの今言われてもわからないよ

◇ 別れた方がお互いのためだと思う

♡ なんですぐ決めつけるの？　私の気持ちは？

◇ ……ごめん……。別れよう

♡ …………

同じ景色を
見ていたはずなのに、

お互いの目は
違うものを映していた

夜中眠れずにいると、彼からメールが届いた。

◇さっきはごめん、つい言いすぎた。
一方的かもしれないけど、
別れるしかないんだ、
わかって欲しい

♡本当にそう、自分勝手すぎ

◇ごめんしか言えないけど、
本当に悪いとは思ってるよ。
もういっそのこと
嫌いになってくれ

♡なにそれ、ずるいね

◇かもな

♡ズルい人。
そうやって
自分のこと守るために
嫌われ者になって終わらせて、
なかったことに
しようとするなんて

でもこうやって
ズルいところも、
愛おしいと思ってしまう
自分が大嫌い

例えば駅名だったり、
苗字だったり、
とある音楽だったり、
聞いただけで
誰かを思い出すのは
嬉しくもあり寂しさもある
背景に愛が含まれていたら尚更《なおさら》

あれから一年が過ぎた。彼のことをまだまだ引きずってしまっていて、もやもやする日々が続いている。

そこに一通の手紙が届いた。

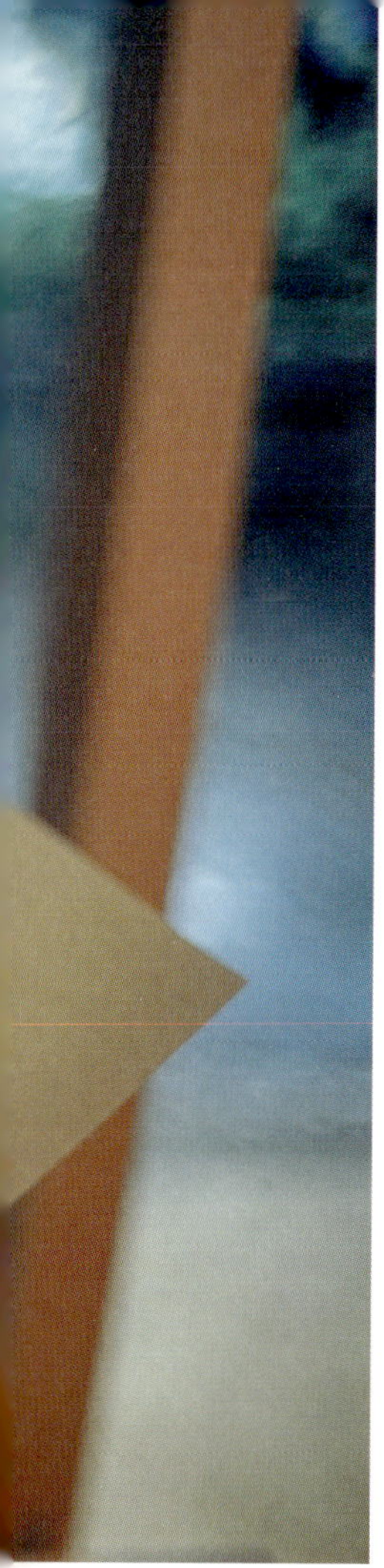

〝あのときはごめん。

どうか今の方が幸せでありますように〟

本当にズルい人。

ごめん。

それまで一緒にいた事実に
わざわざ色をつけて消したって
後からきっと滲《にじ》んで
汚い絵に変わってしまうから
色で塗りつぶすのではなく
ページをめくればいいと思う

あの日から
変わらない想いは
あの日から
変わってしまった君へは
もう届かない

どれだけ時間が
かかってもいいから
最後は幸せになってください

いつも以上に感情があふれて、
涙しながらこの章を書いていました。

もうすでに2年も前のことなのに、
いまだに脳裏には沢山の笑顔と
鼓膜には笑い声が残っています。

あのときの光景を、
少しでもお伝えできることを願って。

0号室

STORY 0
真実×愛
運命を信じますか？
僕は信じます、
あなたに出会えたから

運命を信じますか？
僕は信じます、あなたに出会えたから。

ここからは僕たちの結婚式前夜のお話。まだどこにも書かれていない、ノンフィクションストーリー。

このたった二日間だけは、世界中で僕らが主役であり、僕らのための日に思えた特別な時間。

◇今日は、僕らのために
お集まりいただき
ありがとうございます

確かそう言って、古い居酒屋さんの二階で親戚親睦会が始まった。

親戚全員に挨拶をしながら、「お互いのどこを好きになったの？」「どういう出会いだったの？」など何十回も同じ質問をされ、何十回も同じ答えを返す僕ら。でもそれによって僕らの出会いや結婚に至る経緯を自分自身で掘り下げ、噛み締め、今の幸せをしみじみと実感することができた。

◇いよいよ明日だね

♡感慨深いね、本当に。あの時、あの場所から始まったんだよね

◇そういう歌、誰かが歌ってたよね（笑）

♡茶化さないでよね！

◇ごめんごめん、ただはっきりしてるのは、
別れを切り出して大阪へ単身で乗り込んでいった時、
手を放してしまったのに、また差し伸べてくれたおかげです。
本当にありがとう

♡あの時のこと、今でもトラウマだからね

◇うん、本当にごめんなさい

♡正直、あなたが出て行ってしまってから、
まず気持ちを整理するのが大変で。
特に引越しをするわけでもなかったから、
あの場所にいるだけで相当辛かったのよ。
最寄駅について、一緒に行ったスーパーに買い物に行って、
同じ道を通って、同じアパートに帰ってくる。この気持ちわかる？
毎日泣いて泣いて、腫れた顔をメイクで必死にごまかしてさ。
もう二度とあんな思いはしたくない、というかもうさせないでよ。

次したらマジ切腹ね

◇はい。俺もあの時、自分勝手なことを言うとね、
大阪行きの深夜バスの中で、
きみがくれた手紙を読んで号泣していたんだ。
なにもかもひとりで決めてしまって、きみを傷つけてしまっていることに
そこで気付いた俺は、本当に最低だなって。
手紙を読みながら何度も謝ってて

あなたといた時間が、嘘のように早く過ぎ去ってしまいました。

今、あぁ終わったんだなと、手紙を書きながら痛感しています。

もっと優しくすればよかった？

もっと大切にすればよかった？

なんて意味もない自問自答を繰り返しながら。

あなたが、私のすべてでした。

出会って、まだまだ長くはないけど、

そこだけははっきりとわかっています。

どうか身体に気をつけて。

大好きでした、また……

どういう形でもいいから会える日を夢見て。

♡ うん、そうじゃなきゃ嫌ですよ、私も。
今頃手紙見ながら泣いてるのかな、
なんて思ってたもん。
やっぱりそうだったんだね

きみと別れ、大阪で暮らしたのはたったの三ヶ月間だけだったが、当時の僕にとってはあまりにも長かった。毎日後悔と自責の念に駆られ、仕事にも身が入らず試用期間後そのまま解雇され、東京へ惨めにも戻ってきたのだった。

♡ 別れてから一ヶ月くらいしたら
段々と怒りの方が大きくなってきてね。
もし戻ってきた時は
思いっきりグーパンしてやろうって
心底思ってました

（たまに今でも見せるグーパンの素振りは……。本当もうしないです）

でも大阪から戻ったあの日、一緒に住んでいたアパートに帰った僕の目の前に現れたきみは違っていた。こんな僕を強く抱きしめ、肩を震わせ泣いてくれた。

◇ でもこうして結婚までこられて、
皆さんにも祝福されていることが
今でも信じられないよ

♡ 全部あたしのおかげだからね!!
偉いでしょ!!
ねぇ、偉いって言いなさい!!

◇ はいはい

♡ おい！

◇ でも本当にそうだから、
感謝してますよ

♡ 離れてみてわかることって
あるじゃない？
その方がより大切にしてくれると
思ってたから

◇ その自信すごいな、
でも当たってるから悔しいんだよな

♡ なんでよ！
あなたのことは、
目をつぶってもわかるから

◇ それは怖いわ、嬉しいけど

♡ 怖いんかい！

僕は、高砂《たかさご》から皆の笑顔を眺めているうちに急に「今どうしても伝えたい」という気持ちに駆られ、その場で立ち上がり公開プロポーズをした。

◇ねぇ

♡へ？　どうしたの、急に大声出して

◇これからも僕はあなたを愛します、腰が曲がって、言葉もうまく話せなくなっても、目が見えなくなっても

♡ちょっと、恥ずかしいからやめて。わかったから

◇いいから立って

さっきまで賑やかだった場が、一気に静まり、全員の視線が僕らに注がれていた。嫌がる妻も意を決したのか、その場に立ち上がり、僕を見つめた。

◇ずっとこの距離で、見守り、また見守っていて欲しいから、
どうか結婚してください

♡うん、こちらこそよろしくお願いします

この時の言葉は、一回目のプロポーズのとは違っていた。あの言葉だけは、ちっぽけだけど、僕らだけの秘密の宝物にしていたかったから。

ここで僕は泣きそうになった。きみが手を前で優しく重ね、深くお辞儀をしてくれたから。僕も涙ぐむ顔を隠すように深く深くお辞儀をした。
まるで時間が止まったかのように、永遠に祝福されているかのように、今日一番の温かい拍手と歓声が起こった。それは貸切にしたお店の外まで響くぐらい大きく、鳴り止まなかった。ずっとこのまま続いて欲しいと願った幸せな時間だった。

ある幸せな家族がいて、その人たちの今＝幸せだという結果は、誰が見てもわかりきっていることだけど、その家族の「今」があるのはそれまでの過程があったからこそ。そんなの当たり前でしょと言われるかもしれないけど、僕らが過ごしている「今」は当たり前ではなく、ふたりじゃないと届きもしなかったゴールであり、ふたりで立ちたかったスタートでもあった。

時間は本当に残酷で、たった一秒前はすぐに過去のものとして流れ去っていく。それを考える度に怖くもなり、焦り出すこともあり、もっとこうしたらよかったという後悔もしてしまう。

だからこそ、朝起きて当たり前に学校に行ったり、会社に出勤したり、子供の面倒を見たりするルーティンにもっと目を向けないといけないと思う。

ルーティンそのものの価値に対して。「当たり前」って、心が無表情になってしまう病気みたいな便利で厄介なものだから。僕らが今でも深い絆で結ばれているのは、この病気に対する抗体を持ち続けているからかもしれない。

遠回りしても、
近道しても、
目指しているものの
位置は変わらないって
信じてる

そうじゃなきゃ
生まれてきたことに
なにも感謝できなく
なってしまうから

どうせなら最後は
笑っていたいのです
できれば、あなたと

おわりに

はじめまして、0号室と申します。
限られた時間の中で、この本を手に取り読んで頂きまして
本当にありがとうございます。
0号室にとっては3作目となるこの本を書くきっかけを
少しだけお伝えできればと思い
ここに書かせて頂きますので、最後まで目を通して頂ければ幸いです。

小学校5年生の時、初めて僕に「彼女」という人ができました。
今ではもう普通なのかもしれないけど、当時の年代にしてはというか
同い年の間では少し噂になるくらい〝ませた子供〟でした。
年齢も、地位も、お金もなく、社会すらなにもまだ知らないながらに、
人を好きになるということだけは誰よりも早く考えたフリをしたり、
あの独特の胸の高鳴りとか痛みとかを実感していたように思えます。
当時は今とは違い電波に乗せて言葉を送れる機械すら
持ち合わせていなかった僕らは、文通をしていました。
僕は1組、彼女は3組。
学校の構造上、1、2組は東側、3組だけが西側だったので、
わざわざ2組の前を通り、無駄話をしている子達をやり過ごさなければ
想いを伝えに行くことはできませんでした。
文面には、毎回毎回「大好きです。これからも一緒にいようね」
なんて夢のようなことを書いていました。

あの頃は、きっと〝今〟が精一杯で、その先のことなんて
精々夏休みか冬休みのイベント毎にしか考えていなかっただろうし、
自分の進化系が大人だということも深く考えていない子供だったように思います。
良くも悪くも、あの時の能天気さが、
今も僕をまだ人懐っこく、人を好きになることが好きで、
すぐ優しくしてしまう大人に成長させていったのかなと思ったりもします。
でも明確にわかっていることもあります。
それはあの時、相手を大切に想うことを子供ながらに試行錯誤し、
できる限りのことを一生懸命していたから、
つまり愛することをサボらなかったからだと。
もし子供時代に戻れるなら、もう一度8月15日に戻りたい。
その日が、人生で初めて人に真正面から気持ちを届けた日でしたから。

この本に詰めたかった思いは、「恋愛と呼ばれる厄介で美しいもの」の儚さと、
「あなただけがうまくいかない訳じゃないよ」という応援の気持ちです。
その思いを届ける手助けをしてくださった出版社様並びに担当者様、
デザイナー芝晶子さん、写真家加藤光さんにイラストレーター牛久保雅美さん、
モデルの莉子さん、仲本愛美さん、由布菜月さん、
村山真紀さん、林志毅さん、N.D.Promotionさん、
この本に携わって頂きましたすべての方に、感謝の気持ちをお送り致します。
そしてなにより日々支えてくださるファンの方々へ、
両手では持ちきれないほどの感謝を込めて。

0号室

愛、という文字の書き順は教わっても
愛し方までは教わってこなかった

2018年12月3日　初版発行

著者　0号室
発行者　横内正昭
編集人　青柳有紀
発行所　株式会社ワニブックス
〒150-8482
東京都渋谷区恵比寿4-4-9えびす大黒ビル
電話　03-5449-2711（代表）
03-5449-2716（編集部）
ワニブックスHP　http://www.wani.co.jp/
WANIBOOKOUT　http://www.wanibookout.com/
印刷所　凸版印刷
製本所　ナショナル製本

ISBN 978-4-8470-9679-2

STAFF

撮影　加藤 光（@_hikari_____）
モデル　莉子（表紙、STORY1·2）
仲本愛美（STORY3）
由布菜月（STORY3·5）
村山真紀（STORY4）
林 志毅（STORY1·2·4）
0号室（STORY5）
0号室夫妻（STORY0）
ヘアメイク　板津勝久
衣装協力　株式会社クリアストーン
制作協力　佐藤聖哉（株式会社N.D.Promotion）
デザイン　芝 晶子（文京図案室）
イラスト　牛久保雅美
校正　玄冬書林
演出・文　0号室
編集　八代真依＋関 果梨（ワニブックス）